# ASERRÍN, ASERRÁN,

## LAS CANCIONES DE LA ABUELA

MW01050901

SI ESTE LIBRO SE PERDIERA,
COMO SUELE SUCEDER,
SUPLICO AL QUE LO ENCUENTRE
QUE LO SEPA DEVOLVER.
Y SI NO SABE MI NOMBRE,
AQUÍ LO VOY A PONER:
ES DE ................................
QUE A LA ESCUELA VA A APRENDER.

# ASERRÍN, ASERRÁN

## LAS CANCIONES DE LA ABUELA

ALEJANDRA LONGO

ILUSTRACIONES CLARA HARRINGTON VILLAVERDE
DISEÑO SIMPLESTUDIO
TIPOGRAFÍA ANDRÉS SOBRINO

SCHOLASTIC INC.
NEW YORK, TORONTO, LONDON, AUCKLAND
SYDNEY, MEXICO CITY, NEW DELHI
HONG KONG, BUENOS AIRES

NO PART OF THIS PUBLICATION MAY BE REPRODUCED
IN WHOLE OR IN PART, OR STORED IN A RETRIEVAL
SYSTEM, OR TRANSMITTED IN ANY FORM OR BY
ANY MEANS, ELECTRONIC, MECHANICAL, PHOTOCOPYING,
RECORDING, OR OTHERWISE WITHOUT WRITTEN
PERMISSION OF THE PUBLISHER. FOR INFORMATION
REGARDING PERMISSION, WRITE TO SCHOLASTIC INC.,
557 BROADWAY, NEW YORK, NY 10012.

ISBN 0-439-63776-7

COPYRIGHT © 2004 EDICIONES KUMQUAT.
ALL RIGHTS RESERVED. PUBLISHED BY SCHOLASTIC INC.,
BY ARRANGEMENT WITH EDICIONES KUMQUAT,
BUENOS AIRES, ARGENTINA. KUMQUAT@KUMQUAT.COM.AR

SCHOLASTIC AND ASSOCIATED LOGOS ARE TRADEMARKS
AND REGISTERED TRADEMARKS OF SCHOLASTIC INC.

12 11 10 9 8 7 6 5 4          6 7 8 9/0

PRINTED IN THE U.S.A.                    23

FIRST SCHOLASTIC SPANISH PRINTING, AUGUST 2004.

PARA JUAN Y SEGUNDO

CUCÚ, CUCÚ

CUCÚ, CUCÚ, CANTABA LA RANA,
CUCÚ, CUCÚ, DEBAJO DEL AGUA.

CUCÚ, CUCÚ, PASÓ UN CABALLERO,
CUCÚ, CUCÚ, CON CAPA Y SOMBRERO.

CUCÚ, CUCÚ, PASÓ UN MARINERO,
CUCÚ, CUCÚ, LLEVANDO ROMERO.

CUCÚ, CUCÚ, PASÓ UNA MUCHACHA,
CUCÚ, CUCÚ, LLEVANDO ENSALADA.

CUCÚ, CUCÚ, PASÓ UNA SEÑORA,
CUCÚ, CUCÚ, LLEVANDO UNAS MORAS.

CUCÚ, CUCÚ, LE PEDÍ UN POQUITO,
CUCÚ, CUCÚ, NO ME QUISO DAR.
CUCÚ, CUCÚ, ME PUSE A LLORAR.

# ASERRÍN, ASERRÁN

ASERRÍN, ASERRÁN,
LOS MADEROS DE SAN JUAN.
PIDEN PAN, NO LES DAN,
PIDEN QUESO, LES DAN HUE SO.

# TENGO UNA MUÑECA

TENGO UNA MUÑECA VESTIDA DE AZUL,
CON SU VESTIDITO Y SU CANESÚ.
LA SAQUÉ A PASEO Y SE ME ENFERMÓ.
LA PUSE EN LA CAMA CON MUCHO DOLOR.
EN LA MAÑANITA ME DIJO EL DOCTOR,
QUE LE DÉ JARABE CON UN TENEDOR.

DOS Y DOS SON CUATRO, CUATRO Y DOS SON SEIS,
SEIS Y DOS SON OCHO Y OCHO DIECISÉIS,
BRINCA LA TABLITA, YO YA LA BRINQUÉ,
BRÍNCALA DE NUEVO, ¡YO YA ME CANSÉ!

# QUE LLUEVA

QUE LLUEVA, QUE LLUEVA,
LA VIRGEN DE LA CUEVA,
LOS PAJARITOS CANTAN,
LAS NUBES SE LEVANTAN.
QUE SÍ, QUE NO,
QUE CANTE EL LABRADOR.
QUE SÍ, QUE NO,
QUE CAIGA UN CHAPARRÓN.

# ARROZ CON LECHE

ARROZ CON LECHE, ME QUIERO CASAR
CON UNA SEÑORITA DE SAN NICOLÁS,
QUE SEPA COSER, QUE SEPA BORDAR,
QUE SEPA ABRIR LAS PUERTAS PARA IR A JUGAR.

YO SOY LA VIUDITA DEL BARRIO DEL REY,
ME QUIERO CASAR Y NO SÉ CON QUIÉN,
CON ÉSTA SÍ, CON ÉSTA NO,
CON ESTA SEÑORITA ME CASO YO.

# EL SOMBRERO

UNA SEÑORA IBA MUY DE PASEO,
ROMPÍA LOS FAROLES CON SU SOMBRERO.
AL RUIDO DE LOS VIDRIOS,
SALIÓ EL GOBERNADOR
A PREGUNTARLE A LA SEÑORA
POR QUÉ HABÍA ROTO EL FAROL.

Y LA SEÑORA DIJO, QUE YO NO HE SIDO,
HA SIDO MI SOMBRERO, POR DISTRAÍDO.
SI HA SIDO SU SOMBRERO, UNA MULTA PAGARÁ,
PARA QUE APRENDA SU SOMBRERO
A CAMINAR POR LA CIUDAD.

# EL PATIO DE MI CASA

EL PATIO DE MI CASA
ES PARTICULAR.
CUANDO LLUEVE, SE MOJA,
COMO LOS DEMÁS.

AGÁCHATE NIÑA
Y VUÉLVETE A AGACHAR
QUE SI NO TE AGACHAS,
NO SABES BAILAR.

H, I, J, K, L, M, N, A,
QUE SI TÚ NO ME QUIERES,
OTRO AMIGO ME QUERRÁ.
H, I, J, K, L, M, N, O,
QUE SI TÚ NO ME QUIERES,
OTRO AMIGO TENDRÉ YO.

# LAS TRES OVEJAS

TENGO, TENGO, TENGO,
TÚ NO TIENES NADA.
TENGO TRES OVEJAS
EN UNA CABAÑA.
UNA ME DA LECHE,
OTRA ME DA LANA Y
OTRA ME MANTIENE
TODA LA SEMANA.

# LUNA LUNERA

LUNA LUNERA,
CASCABELERA,
DEBAJO DE LA CAMA
TIENES LA CENA.

LUNA LUNERA,
CASCABELERA,
CINCO POLLITOS
Y UNA TERNERA.

LUNA LUNERA,
CASCABELERA,
TOMA UN OCHAVO
PARA CANELA.

# EL BARQUITO CHIQUITITO

HABÍA UNA VEZ UN BARQUITO CHIQUITITO,
HABÍA UNA VEZ UN BARQUITO CHIQUITITO,
TAN CHIQUITO, TAN CHIQUITITO,
QUE NO PODÍA NAVEGAR.

PASARON 1, 2, 3, 4, 5, 6, 7 SEMANAS.
PASARON 1, 2, 3, 4, 5, 6, 7 SEMANAS,
Y EL BARQUITO, Y EL BARQUITO,
NO PODÍA NAVEGAR.

Y SI ESTA HISTORIA PARECE CORTA,
VOLVEREMOS, VOLVEREMOS A EMPEZAR.

# ARRE, CABALLITO

ARRE, CABALLITO,
VAMOS A BELÉN
QUE MAÑANA ES FIESTA
Y PASADO TAMBIÉN.

ARRE, CABALLITO,
VAMOS A BELÉN,
A VER A LA VIRGEN
Y AL NIÑO TAMBIÉN.

# ARRORRÓ

ARRORRÓ MI NIÑO, ARRORRÓ MI SOL,
ARRORRÓ PEDAZO DE MI CORAZÓN.

ESTE NIÑO LINDO, SE QUIERE DORMIR
Y EL PÍCARO SUEÑO NO QUIERE VENIR.
ESTE NIÑO LINDO, QUE NACIÓ DE NOCHE,
QUIERE QUE LO LLEVEN A PASEAR EN COCHE.
ESTE NIÑO LINDO, QUE NACIÓ DE DÍA,
QUIERE QUE LO LLEVEN A PASEAR EN TRANVÍA.

# LEVÁNTATE JUANA

LEVÁNTATE JUANA,
ENCIENDE LA VELA
Y MIRA QUIÉN ANDA
POR LAS ESCALERAS.

SON LOS ANGELITOS
QUE ANDAN EN CARRERA,
DESPERTANDO AL NIÑO,
PARA IR A LA ESCUELA.

# EL BURRO ENFERMO

A MI BURRO, A MI BURRO
LE DUELE LA CABEZA,
EL MÉDICO LE HA PUESTO
UNA CORBATA NEGRA.

A MI BURRO, A MI BURRO
LE DUELE LA GARGANTA,
EL MÉDICO LE HA PUESTO
UNA CORBATA BLANCA.

A MI BURRO, A MI BURRO
LE DUELEN LAS OREJAS,
EL MÉDICO LE HA PUESTO
UNA GORRITA NEGRA.

A MI BURRO, A MI BURRO
LE DUELEN LAS PEZUÑAS,
EL MÉDICO LE HA PUESTO
VENDAS DE LECHUGAS.

A MI BURRO, A MI BURRO
LE DUELE EL CORAZÓN,
EL MÉDICO LE HA DADO
JARABE DE LIMÓN.

A MI BURRO, A MI BURRO
YA NO LE DUELE NADA,
PERO EL MUY PEREZOSO
DURMIENDO ESTÁ EN LA CAMA.